不死身のつもりの流れ星

最果タヒ

PARCO出版

もくじ

不死身のつもりの流れ星

冬なんてどこにもないのに、冬のせいで生まれる恋が多すぎる。ぼくは人間のつもりでいて、きみは神様のつもりでいる。ちょうどいい関係だ、ぼくたちの恋愛は他人から見たら純粋な恋で、ぼくたちだけがそれを偽物だとわかっている。きみより、もっと不幸な人が救われてほしいな。冬はただ人間たちを、黙らせたいだけだった、凶器が降ってくる、雪が降ってくる、凶器が降ってくる。

初雪の詩

愛するって　海が言っていてうるさかった
朝焼けだから仕方がない　ってきみはいう
ぼくたちはもう何も言わないなら
愛し合っているっていうことになるところまで、来てしまって
でもできれば愛なんてものはないということにしておきたい
生物が海から生まれたなら
ぼくはきみから生まれて　きみはぼくから生まれて
そうやってまるで永遠のような顔で
互いを見る暇もないほど美しい、桃色の海を見ていた

　　三宮駅の詩

12月たち

好きになれそうだ、きみ以外、
すべての人を。きみもぼく以外の、
すべての人を好きになって。それから、
ぼくに会いにきて。

冬はおかしい、朝から夜まで、光がリサイクルされ続け、馬車や花売りが夜中に逆向きに歩いて、またスタート地点に戻る、ぼくの靴で蹴られた雪はそれでもまだまっしろで、好きなのに好きじゃなかったみたいだ、なにもかもが、ぼくの知らない姿に戻る、なにもかもを、好きになるのをやめたなら、来年に行ける、それだけで、行けるのに、ぼくはたぶんずっとここにいる、きみは、ただ

ぼくを愛して来年に行くことにするのかもしれないが、
ぼくはずっとここにいる、
きみとはお別れだ、
きみは、冷酷だ、世界を捨てて、
ぼくを選んでいくなんて。

雪景色

みんなのまぶたから溢れる涙として、生きている、流れて、他人の何かを連れさって、世界を洗っている、あなたを洗っている、忘れていくことができないひとに、泣く理由を与えている。飛ぶことのできない流れ星が地平線にいくつもころがって、恋をして家を建て、暮らしている。生きれば生きるほど、眩くなる、遠くはどこまでも眩くなります。雪の中で、優しく笑うとまるで自分の死に顔がわかるような気がした。過去のことで涙を流している人に、私はいつまでも死ぬことのない人として見えているだろう。私だけが、私の死を看取るんだ。

夜はいつもどこかに出かけている、
家の中でも、ぼくの体から全てが抜け落ちて、
積み木の箱のように心もとなく眠っていた。
あなたが、誰であるかは知らないが、
ぼくを知る人ではないだろう、
そうだとすると、誰がこの部屋にいてもいいと思える。
ぼくは本来、一人でいるなんてことは
起こり得ないとおもっているから。
絶対に花束なんて、贈らないでください。
われわれはこの距離を守るべく生まれた、
夜のために在る6等星なのです。

6等星の詩

湖

誰も愛さないままなら純粋でいられるって、湖が言っている、どんなところより純粋な水の中を、魚はみんな生きることができない、そこに私は飛び込んで、泳いでいる、愛したことがないって言われると、その人に愛されたくなる、それは、その人が好きだからではないよ。燃えていないものには火をつけたくなる、でもきみが燃えたら、湖の中に落としてしまうだろう、あまりにも熱くて。

きみを汚したいとか、そんなことではなかったんだ、きみの純粋さは私が完成させてみせるって、決めていた、湖に顔を映している月のように。わたしはきみを見ていた。わたしのことを好きになって。

誰かが誰かに好きと言う時間が永遠になって、ぼくが生まれることも死ぬこともなくなるようなことがあればいいと思った、月がずっと満月で、

光れども光れども、ぼくの体の中にある澄んだ氷は口を閉ざし、ぼくの奥歯に飲まれやしない、

記憶記憶記憶の断面に流し込まれた雨水のようにぼくは生きて、透き通っていく。そうして美しくなった。

愛している。いえ、愛してはいないけれど。遠くの方で高くてすきとおった音がして振り返ったらきみがすぐそばでぼくを見ていた、目の奥からその音が鳴っているんだ、いえあなたのずっと後ろにある地平線から鳴っているんだ、それは、どちらだって構わないことでぼくはこれからあなたを通してしか世界を知ることができないとその瞬間にわかった。愛おしい、とかではないし、美しいかもわからない、ぼくはあなたのせいでぼくは誰とも混ざり合うことのない固有の存在なのだと思い知り、あなたの体にだからこそ価値を感じるはず。肌の匂いや髪の流れの中に閉じこもっていくように、身を寄せ合うとき、ぼくはとてもじゃないけれどあなたにはなれない、こんなにも違う。あなたはこんなにも生きていると思った。
あなたはそのときぼくに同じことを思う。地平線の向こうから、一等星が顔を出し、あれはあなたの心、とも言える、でも言わない。ぼくたちは夜、あまりにも深く眠るから。

一等星の詩

period

きみが忘れた人も生きているよ、だれも死んでない、でも忘れたきみの世界ではみんな死んでまっしろな墓石の下。雪が降ると少しだけ思い出す、人の上に乗せてきた墓石の重さのことを思い出す、でもそれがいつもどうしてか、みんなが自分を忘れてしまったような予感、にすりかわって、きみはさみしかった、きみのさみしさはいつも、だれかから借りてきたものだったね、だからさみしくても、美しいものを見ると、美しいとおもえた、雪が降り積もった枝葉、赤い実が見えて、きみはさみしくても生きていける人になる、ぼくのことを思い出さなくてももういい、いい、雪はみんな、きみが好き。

きみを美しいと思うとき
ぼくはできればだれかを裏切っていたい、
まばたきの回数でこの火は簡単に消える、
世界がとても恐ろしいというだけなのに、いい人だと思われて、
ぼくは急に暴力を振るいたくなってしまう、
できないから、愛とか語るんだけど。
悲しみについてだれも知らないらしい、
だれも悲しみを、きみの心臓が生んでいるとは知らないらしいよ。
ときどきぼくがきみを不幸にしていると思うのだけれど、
きみが美しいから、許されていると感じるんだ。

ろうそくの詩

ここは星です、燃え続ける星、
あなたも私もあっという間に灰になる、
遠い惑星から見るとこんな灼熱の星が、
暗い６等星に見える、
もっと、明るい星がいいって子供に言われて、
大人が他の星に望遠鏡の照準を合わせる。
死んでいくことに大した意味を持たない、
私たちの命が短いことに、遠い人は何の意味も見出さない。
でも、短命ってなんか、ロマンティックだねって、
言ってくれる人がいるなら、
そうやって生まれる映画があるなら、喜んで呪えるから、
私は、誰よりもきれいに輝いて燃える。

恒星の詩

白い息

きみのことを好きだって言ったスピードのままでぼくが生きていくならあっという間に死んでしまってきみの返事も聞けないんじゃないかな　でもそれぐらいじゃないとこれが愛なんかではないってきみにはわからなかったはず　生きている　生きているってことを反射的に伝えなくちゃいけない相手がきみだった　きみは海を超えて星を超えて　ぼくのまえに、何もできないということを知らせてきた　この世界はあなたに、なんにもできない祈りも呪いもすべてからぶっていくだけのこの世界できみはもう　無敵だって　知らせに来たのだ　恋なんかじゃない　きみにとっての神様になれなきゃぼくは窒息死するっていう　それだけだ　好きだ

美しい枝が、空の骨のように、露出している、冬は目の中にある夢が、それらにからめとられて、わたあめのような雪を作っていく、目が覚めたら白くうすく積もった、アスファルトが、踏むと少し見えて、きみは桜の話をする、生きていくことに答えがあるわけがない、という言葉で、桜がそろそろ咲くと教えてくれる、ぼくたちはなにになりたくてこんなに大きくなったのか本当はわからないんだけれど、愛し合うためだとか言わなくちゃ怖くてたまらないひとのため、冬を呼び、そうしていつもさみしいまま溶けていくのかもしれないね。桜が咲いたら春がきて、ぼくのすべてが消え失せて、ぼくを、溶かした白い炎に、

きみは、ぼくの名前をつけて。

桜色の詩

橋を渡るときの列車の色は、乗っているぼくにはわからないけれど、川を反射する光を浴びてたぶん、銀河鉄道みたいに、一瞬だけ、みえる、だれも友達がいなくてもたまに優しくしたくなるし、その、たまにという瞬間、ぼく以外の誰かは確かに悲しい気持ちでいて、ぼくは見つけたかった、その人を、その人にはすでに友達がいることを知って安心したかった、幸せだとおもう、川の向こうに海が見える気がして、すべての光がゆれている、時間はずっと止まることなく、ぼくの人生も止まることなく変わることなく、それなのに忘れたくないことが、またひとつ増えている

梅田駅の詩

春ののどけき

死が引き裂くものがあるとおもいますかと、
光の行列が言う、ひなたぼっこ、
愛していると告げた言葉をわれわれはちゃんとおぼえていますよ、
誰がわすれようと。
わすれるという行為は人の世においてはとても無力ですが、
忘れてもらわなければ消えないものは多くあるのです、
あなたが好きな人はあなたが忘れることで本当にこの街から消える。
そのことにぞっとしますか?
それともほっとしますか?
大丈夫、どちらも愛と言えます。

本当なら人は好きという気持ちより、

自分の心臓のなかにある花畑の住所を伝えるべきだ、地上のどこかにはかならずあって、きみを手に入れたい、と言うしかなかった感情が、白い質素な花を咲かせている、言葉は愚かだな、すぐに暴力的なことを伝えてしまうな、きみに安心をもたらすためだけにある花畑、風が吹いて黄緑と白が混ざり合って楽譜のようだ。

愛していると伝えると、すべて台無しになる、
だから、愛してほしいと願ってしまう。
ここまで、来てほしいと。

彗星たち

やさしい女の子より感性が美しい女の子が好きだと、植物は思っている。どこかで刈り取られることを当たり前に思ってしまうから、守られることより、飾られることを願ってしまう。それを不幸なことだと思うのは、生きていなくちゃなんにも楽しいことができない人間だから。花はわらったまま枯れていく。

私たちが彗星だったころ、（それは前世の話なのだけれど、）あのころ、一人で飛んでいた、いつも何かが燃える音がした、それは私たちのかけらであったはずなのに、いつもまるでだれかの話し声のように響いていた、あのころの、名残として感情があって、私たちは声にやすらぐ、誰でもいいというのはほんとう、誰でもいいとおもうたび、さみしさがちゃんと、感触をもつ。きみじゃないとだめなんて、そんな都合のいいまぼろし、口にさえできない。

美しい水が流れていくからついていった、私が体を持ち、自由なふりをしていても、本当はすべての行き先が決められていると何度も思う。夜の濃くなった緑の中から、ピンク色の雲を見るとき、わたしは真っ暗な宇宙を思い出して、当時恋人だと信じていた、自分の体が燃えるあの音を、思い出していた。すきって言わなかった、すきって言わなくても、この世界にはわたしときみしかいなかった。

美しく美しくと泣いている骨でも肉でもないぼくの湖

雪の夏

ぼくとあなたが
消えてしまった街では、
雪の代わりに夏が降る。

溶けていくのはいつも世界の方で、
いつか夏だけが降り積もって、あ、まぶしい、
心臓の中に、
教会が建っている、
走り抜けていく人の背中にあるのは、翼でも貼り紙でもなく、
いつもあなたの背中だった、
ぼくはすべての人が立ち去るとき、
あなたと同じ顔をすることを知っている、

あなたが
あなたとして
立ち去ったのはいつなのか分からないのに、
去るその時の姿を何度も何度も目撃している。
ぼくの命をあげるよと言ったところで、
吹き飛ばされた紅葉たちになぎはらわれて、
秋へ行くだけなのだ、
あなたはもしかしたらまだすぐそばにいて、
一度だってぼくを
見捨てなかったのではないかと思い始めて、あ、まぶしい。

きみが美しさを捏造しようとするたびに、
隣で、相対的に美しくなる、そんな人間でありたい。
切り開いた夜から、光の代わりに、
小さな鈴の音がきこえている。
ぼくを、記憶しないで。
あなたを愛することでぼくがなにを得ているのか、
あなたにだけは知られたくない。
どうか、ぼくのことをずっと愛さないでください。

夜空の詩

もっと高速な言葉がほしいな
愛している、なんて遅すぎる
抱きしめるな、口づけするな、頬を寄せるな、恋をするな、ぼくの名を呼ぶな、栗色の、体の奥にある小さな枯れ木に火をつけて、もうこれが最後の命だと伝えるようなことをして、長生きをする、ぼくはそんな卑劣をしない　きみの命は永遠だ　きみの美しさは永遠で　無限の幸福と健康に満たされているだろう　ただそのまえをぼくが通り過ぎるのが一瞬だというだけで

彗星　でもぼくはきみに命名する権利がある
だからきみを、恋人と呼ぼう

　高速の詩

薔薇をのぞきこむときと、
ホテルの部屋に初めて入るときは、すこし似ていて、
ぼくはしばらくのあいだだけ、
ここに身を預けるのだと、ふと気づく。
すとんと床に荷物が置かれたような、
なにかが軽くなる感覚。なにかを、忘れていく感覚。
さみしさよりももっと、安心に似た心細さに、
名前をつけなかった人類を、ぼくはたぶんずっと愛している。

ホテルの詩

展示室

ぼくの心臓は、すべての美しいものの重心であるらしい。美術館を歩くとそのことを思い出す。ひやり、とした初夏の指、冬を乗り越えたのは季節だってそうで、冷たい風が窓から入ってくる。願っている、人がいなくなる瞬間を。ふと満員電車でそれを思うとき、心のどこかで、世界からも誰もいなくなることを期待している自分がいる。愛はあるんだし、愛がなくても同情はあるし、美しくはない考えが無数に散らばって、それらはぼくではなく、地球の中心に向かっていつも落下を続けているのだ。涙の形をして。涙は雨の形をして、複数の恋人たち、子供たち、働く人々の重心として、落下をしていく。いつかみんないなくなる。明日は、晴れてくれたらいい。

光が塗られたあとのアスファルトに、夏の代わりに私が立つ。私にはないものを、あなたはすべて持っていて、だからこそあなたの瞳には、私がいないといけないと思った。愛していると言うぐらいじゃ、儚さしか手に入らない。きれいに愛することより、永遠をあげたい、あなたの記憶と未来をつないでいくことができるなら、それは、愛でなくてもいい。夏は、失われたものばかり、消えた人ばかり思い出しますね。あなたの代わりに、私が他のすべての季節として、未来へゆくあなたを、待っていようと思います。

真夏日の詩

炎天下

みんな沈黙している、次に話し出すのは誰だろう、その人を好きになろうと決めて、みんな沈黙している、とても恐ろしいことです、みんな愛したくてたまらないから、自分ではない誰かが話し出すのを待っている、ぼくは傘を開いた、雨が降ってきた、ぼくはいつの間にか時間を逆に進んでいるのかもしれないと気づいた、愛し合っていたものたちが別れていくことを、出会いや運命と呼んでいたような、気がして。あなたはこちらをみていた、ぼくのことなんて見えていないのに、あなたは微笑んだ、そこにはなにもなく、たぶんぼくには見えない透明な人間がそこに立っていた、何度も口づけをしたような錯覚があるんだ、笑う人の口元を

見ていると。あなたは、ぼくを必ず好きになる、そう
気づいてしまったぼくは純粋な片思いの中にいた。

鏡の星

遠くできらめいている人の手には鏡があって、
ぼくも同じように鏡を持ち、
その人のきらめきを返しているのかもしれない。
そう、言葉を持つ限りは期待してしまう。
ぼくの光でもあなたの光でもないそれを、反射し合いながら、
なにを「愛する」って言ったのか。
ぼくはぼくの言葉こそ、よくわからなかった。

「ほんとうはぼくはぼく以外のすべてのひとを、
信じているのだと思います」

やすらぐことがない、

ぼくのいない国にこそ、うつくしい流星群は広がる、眠るあいだ泣いていることに気づくことがない、遠くで湖が濁る瞬間、ぼくの体は目を覚ますのに、ぼくは、なにも理解できず、二度寝をしていた。いつか誰も、ぼくを許せなくなるだろう。何億年か先、ぼくはひとりきりになる。

夕焼け

私の中にある一度きりの夕焼けは、今も少しずつ変化しながらそれでも30年ずっと西の空で赤く、その光を港町の海がずっと掬い取っていた。わたしが生まれてから、ずっと、続いている夕焼けは、いつか終わり夜になり、私はそれが自分の死だと思っている。そんなことはなくて、いつか、普通の日に、私は夜の訪れに気づき、夕焼けが終わったことに気づき、それを止めることができない自分に失望するのだと思います。私の魂はそれからはもう、死んでももう、どこにも帰れない気がする、それだけはたしかで、それを孤独だと呼ぶ人を、鼻で笑ってしまうでしょう。私は、私の街に火をつけたくなるんです。

ＢＡＢＹ

頭の中に完璧な夏が、息をしているのに曇天だ、今日は。夏があなたを愛おしいものに変える、記憶がなんども駆けてきて抱きしめられるのかと思ったら、追い越されて、去っていった。わたしはそうやって巻き戻されて、いつか赤ちゃんに戻るんだよ。懐かしい、18歳の頃、自転車を引いている、坂道がある、日差しが今朝の雨に濡れたアスファルトを照らしている、わたしはジャングルを知らないし、全部の自然が、この街にあるすべての自然が、自然なんかではないことを知っている、わたしはそのなかで、鏡を見ている、鏡張りの部屋でダンスを学んでいる、そうやって誰でもなくなってきた、誰でもないままくるくる回転をしていると、この宇宙の中心だけがわかるんだ、ここ。と、心臓を指差す、きみはそれをなぞるように、わたしを指差す、そう。わたし。きみはそのとき、わたしに恋をする。愛とか熱狂とかじゃない、死んだ後の残り香になるような、そういう若い、最初の恋。

大丈夫だよって光が言うから、すべての電気を消した、黙らなくちゃいけない時間はいくらでもあるのに、それを知らないから、光は私の友達になれない、そのことをなんとも思わないぐらい、きみは愛されているけれど、美しい緑色の茂み、紫色の影が潜んでいて、覗き込むと茶色の枝だけがこちらを見ていた、きみの瞳みたいだ、ただの網膜があって、その中で踊っていた人が行方不明になる。恋をすると、見つめ合うと、抱きしめ合うと、いなくなる、いなくなるその人に、一度ぐらい恋をしたいのに、きみが、私に好きと言う。

網膜の詩

港

誰かに好意を持つことが特別ではなかったあいだ、
ぼくはたしかに神様だった。
海は自分が水であることを知らない、
ぼくもぼくが生き物であることを知らず、流れていた。
だれも返事をしなければ、ぼくは真っ白いままで、
空から降る雪になっていたんだ。
滲んでいくのはだれかの靴についた、泥と血。
やっと、きみと家族になるよ。

人と、人と人の海でぼくが、ぼくの血がアルコールに変わる。
いつだってたった一人しかいない自分を、
逃さないように指や言葉で絡め取って、

この美しい景色を前に、動くな、と伝えている。
指で撫でる、わざわざ傷口を指で撫でていく、
ぼくの体はそうして、眠りにつくのだ、
水槽の中にいることを、悟らせないために。

美しくなりたいって言ったきり黙ってしまって、何をしたいのかさえわからない　自分の身体が誰かの運転する列車に乗っているってそれだけでダイヤモンドにでもなったみたいな気分　宝石っていつもこんな感じ高速ではっきり見えることもない景色を見ている　愛の証明にされたって困るよ　なんにも見えない　見えないんだ　だけれどこのスピードが感じられなくなったらぼくは、なにより自分が儚い気がして、怖くなるさみしさって、スピード　遠くにある家の屋根だけはちゃんと、見えるぐらいの　得られなかったものほど忘れられない、愛されなかった人ほど忘れられない失ったものには、宝石なんかいらない　永遠がある

阪急電車の詩

きみが見ている眩しすぎる光が、わたしにはきみそのものの輝きに見えるんだよ。沖合で水面が光をボールがわりにして遊んでいる、いつもどこかでは朝焼けで、はじめて空を飛んだ鳥がいる、なにも知らない私は、なにも知らないから、羽ばたきや赤色の空を知らせる、風のひとすじのように、きみに、きれいって言いたかった。光が、朝焼けが、海が、すべてのきれいなものが好きになる。きみが残してくれたもの。

宝塚駅の詩

空気たち

美しいの、
きみの関節のすきまに暮らしている粒々は、
淡いけれど透明で、わたしの生きる糧なんです、
それはきみのところにあるけれど、
きみの自由にはならなくて、
きみがどうやろうがそこにあり続けるもので、
それでもそのつぶつぶが、きみの愛される理由なんだ。
生きることは美しいと先生が言った、
映画のポスターも言っていた、
生きることが美しくて、だからきみは美しくて、
でもそれはきみがきみでなくても良いということで、
だけど、生きることができるのはきみだけだった、

簡単に言えば、ここで本当に生きているのはきみだけだった、
他に誰もいない。

きみの目がこちらにむいて、わたしは見えないんだろうけれど、
どこかにあった小さな石をそこに置いて、
「光があたると青く見えるんだよ」と言った。
それだけで、きみはきみでなくてはならず、
どんな宝石も超えて、きみの目の中に、ある光を、
わたしは摑むため、生まれにいくよ。

ぼくら以外みんな恋人

ぼくら以外みんな恋人みたいだ、と雪の降る中で、なにかが眩しくて、目を瞑った、このまま目を覚まして別の人生を始めたいと思いながら、ぼくはきみと空の下にいる人生を選んで、また目をあける。恋人たちの口からこぼれていく相手の名前が、遠くの星では音楽として、大切にきかれている。名前よりも価値のある言葉はないから、その名前をどのように呼ぶか、だけがすべてだと、本当は地球の人も知っている、きみの名前を呼ぶことでぼくはたぶん、きみのことを、少し好きになるだろう、それはたぶん、ぼくら以外が恋をしているから、それだけなのだ。それだけでもいいと思う、

雪は降り、冬は来て、好きでもない人と恋をして
いくうちに終わるぼくの人生、それが死後のぼく
にはとてもきれいに見えるから。

光は留守

私が死んだことに気づかない人たち、私が死んだことに気づくのは動物たち、遠くで咲いた白い花たち、私たちはいつも同じだった、たくさんの約束をして生きてきた、私が吐くのをやめた二酸化炭素をこれから、私の分も吐いてくれる小鳥たち、私が死んだことを誰にも教えないでほしいと頼んで、できるだけ誰にも気づかれずに死ねたら、勝ちだと思っていた、きみたちは死んだ人に優しくしたい、優しさを拒む権利がない私の体を、優しく撫でないで。月の光も陽の光も、土の中には届かないのに、あなたたちの掌はどこまでも届くの、あなたたちはきっと、どんなものより本当は無限。

死後の世界をいつも多くの人が救って、でも死んでいると救いなんてなんの足しにもならなかった。死んでいく人の手を握って死なないでと叫んだ時、その人がこちらを見て産みなさい、と言った。あの日から私は死ぬ人が嫌い、撫でないよ、撫でない、撫でないよ、この世界は陽の光と月の光だけ、誰もいないよ。

STAY BRIGHT

飲み込んだ宝石のせいで内臓がボロボロになり、
そこから光が漏れ出して、ぼくの中に星があった、
ずっと星があったと気づいた。ぼくの体の表面は
ゆっくり手のひらのように開いて、本当に誰かの
掌となるのだ。きみ、という言葉が好きだ、その
掌のあるじを、既に見つけられたような錯覚があ
るから。たとえ、愛が証明されても。秋が来ても。
きみが触れられないところに、ぼくは、ぼくの星。

花束

死んでしまった人たちのことを誰も知らないのに
ぼくは悲しかった。少しも悲しまないぼくより、
きみは悲しむぼくが好きだろう、そんなきみを綺
麗だと思うから、ぼくはいつまでも知らない人の
ことを惜しんでいる。大切な人が死んでしまった
とき、語る言葉はきっと尽きているだろう。

だから、ぼくはいつか悲しみを伝えるために命を
捨てる。捨てた命はハサミで切り落とされた花に
なって、誰かの手がそれを拾い花束にしてくれる。
きみの死を悲しいとも思わない人が、その花束を
持ってきみの棺の上に置く、たくさんのこれまで

吸収した酸素や光がぼくの体からあふれて、きみは去る部屋がとても眩しくて扉の外で目を閉じた。

そうやって終わるきみの人生。

ぼくは静かに枯れていく。

そうやって終わるぼくの人生。

美しい絵

美しい絵を見た時、ぼくの未来が洗い流されていく気がした、湖に未来のぼくが泳いでいて、過去に向けて抱いていた後悔すべてを洗い流しながら、潜っていく気がした、ぼくがどのように生きても、未来のぼくだけは許してくれると信じている、今のぼくが美しい絵を、美しい音楽を、美しい香りを、見つめてふれているなら、未来のぼくは許してくれる、そう思いながら数秒後死んでしまうこともあるのだ。許されないままで、それでもどこかで死んでみたかった、美しいものにこそ無力でいてほしい。世界を唯一美しくする方法。ぼくの。

恋人、という名前をつけた花が枯れた、
ぼくはその花を埋めて、別の種をその上に植えて
またそこから生えた花に恋人と名づけている、
愛情深いんだ、
恋のせいで死んだ人間こそが恋について語れると誤解した人が、
恋にやぶれた途端、死ぬと言った、
十字架の星座が見える、と指差したその指先に雨粒が落ちて、
きみはぼくをみる、
ぼくのことを少しも好きではないきみが、
ぼくの目を見た途端に死ぬのをやめようと思うなら
それだけで恋は大した意味をなくすだろう。
ぼくは愛のためではなくきみのために生まれてきた気がする。
きみは、誰かに出会うまで静かに一人で生きる方舟。

方舟の詩

指輪に刻まれた詩

夕焼け（あなたとなら琥珀になってもいい）。

日が沈みくらやみが広がると、私たちのとじこめられた琥珀はひかりをうしなって、アスファルトの上に落ちたままじっと誰にも見つからずそばを通るバイクの、タイヤの擦れる音をきいて、それがまるで永遠であるような気がする、恋や愛は永遠を誓うが、多分それはこんな永遠、いつ自分たちをくだくトラックがくるかわからないまま、朝が永遠にこない気がしている、私たちの愛は永遠、私たちはずっと一緒、私たちはいつももうすでに死んで幽霊である気がしている、愛はうつくしく、希望だ、と思う、唱える、はやくすべてがおわり、はやくトラックが来るといいと思った、愛はうつくしく、希望だ、と思う、唱える、私たちの愛は永遠、こんな時間でさえも、昼間のひとりの、ひざしのなかで、肌にあったさみしさよりはましだった、私は昔々とても不幸で、しんでみたかった。

きみは私に恋をしていて、私はどこにもいなかった、
生まれてすらいなかった、きみは私に恋をしていて、
私のために死んで、消えてしまった、そのあと、私が
生まれてきて、ずっと地平線を見ている、それは孤独
だと教えられた、誰かに、それはとても孤独なんだと、
私は地平線を見ている、地平線はきみの閉じた瞼だっ
た、ずっとむかしから、ずっと、私はそこで眠るとき
きみとくちづけをする、たぶん、きみがいなくても。
目が覚めるときみを撫でるように起き上がって、私は、
変わらない地平線を見ている、いつかこのことをすべ
て忘れて、私は誰かに恋をして初めて孤独になるのだ。
今日も、きみとくちづけをして深く眠る。

地平線の詩

流れ星

きみを愛さないまま、
きみのすべてを許していくことってできないのかな。
海や空ならできるのに、ぼくは、きみの恋人になるしかなく、
きみはきっとぼくを好きにならない、
海にも空にもなれないぼくを好きにはならない、
罪人に投げつけるよう渡された石しか手元にはない、
ぼくは、いま死んでしまったら
この石を不意に誰かにぶつけてしまうことだけはなくなる気がして、
ほっとするのだ、それがとてもかなしい、
やさしい大人になりたかったです、
きみが、ぼくを愛してくれたらよかったのに。

水平線の向こうへと沈もうとする夕日にぼくの心を閉じ込めて、
夜を待つ、すこしだけすべてが静かになる、
きみに見えてぼくには見えない満天の星空が、はじまるらしい。

雪解け

失う準備はもうできていたのに
どれもこれもぼくのものになる前に溶けていく
春はそういう季節だから
生き残れよってすぐに他人に言ってしまう

生き残ったところでぼくは会いに行かない　恋をしない
友達にはならない　それなのに　生き残れよって他人に
言ってしまうから　ぼくはきみにだけはそんなことをひ
とつも言わずに　忘れないけれど忘れないけれど　きみ
は忘れていいんだって　くりかえし願っている

きみはそれでも忘れない

忘れないから　ぼくの掌から最後の願い事すら　こぼれ
落ちて　まっさらな場所を踏んできた、汚れた靴がぼく
の足元にあるだけだ　世界が、平和になればいいと願う
ときに　無性にぼくは、孤立しているって気づかされる
きみのこと、忘れてしまっていいですか

あとがき

たしかに自分以外の人間はみんな他者で、やろうと思えば話しかけることや関わることができるはずなのに、「きみ」と呼べる人はほんのわずかで、この「きみ」という言葉を用いるとき、むしろ一人きりの自分の姿を思い出す。「きみ」なんて簡単には使えないさみしさを思い出す。私が詩に「きみ」と書くとき、そこにはもしかしたら誰もいないのかもしれないと何度も思う。それでも詩を読む人は誰かのことを思い出しているのだろう、読む人の数だけ「きみ」には名前があって、そこに見える「誰か」がいて、その可能性の大きさに私は改めてずっとさみしくなる。孤独を映す鏡みたいなものだ、「きみ」という言葉を知らなければ人はここまでさみしくないのではないか、と詩を書くとよく思います。他者が最初からいなければ、人はこんなに悲しくはないのではないか。私のことを嫌いな人や、私に興味がない人には私が見えなければいいのに、と思うのにそうはならない。人がいるからさみしい、とも思うし、全ての人に愛されたらそれが解決されるわけでもないと思う。

でも、こういうことがあるから、私は詩に「きみ」という言葉を書くのが好きだ。具体的に誰にも今日は会わなかったとか、嫌われてしまったとかそういうさみしさよりもずっと、おおきくて、誰のせいでもない根源的なさみしさが思い出されて深く眠れる。私一人のさみしさではないさみしさにたどり着く。愛されたいとか嫌われたくないとかそんな願いでは覆ることのないさみしさをもう一度握りしめて、私は多分ほっとしている。誰のせいでもないさみしさの中で、じっとしている時ほど落ち着くこともあるんです。

学生の頃から、私はいつもみんなが何を言っているのかわからなかった。わからないし、私もみんなからすればわからないんだろうなと何度も思った。言いたいことを全部詰め込んで話しても誰にも伝わらなくて、「何言ってるのかよくわからないよ」と言われると恥ずかしくて真っ赤になった。なんで恥ずかしくなるの、と今なら思うけれど。何も恥ずかしいことはしていないよ、と思うけれど、「わかるわけがないよ、だってあなたは私じゃないもの」と言えなかった。私自身がひたすらに目の前の人にわかってほしがっている、って当時よく知っていたからだ。あの頃の私にはわからなくていいよという態度でいることはとても難しくて、それを言い当てられた気がして恥ずかしかった。私はずっと誰でもいいから話を聞いてほしくて、誰でもいいから好かれたかったのかもしれない。好かれたかったけどその人が好きなわけではなかった気がする。そういうことが全部バレてしまった気がして、居心地が悪かったのだ。

あのころ、自分のことが好きなんだねなんて言われたら、苦しくて泣いてしまっただろうなぁ。自分を愛しているというより、愛せる他人がいなかった。「きみ」と呼べる人がいなかった。そういうさみしさをどうしたらいいのかわからなくて、他人に伝わらない話をして、わからないよと言われて泣いた。私の話なんて本当はしたくなくて、でも当時の私には私の話しかできなかった。自分のことなんて愛してないけど消去法でそうなってしまうんです、と叫び出したくなる「自己愛」が苦しくて仕方なかったのです。

あのころ、詩が書けていたら、と思う。詩を読むことができていたら。「きみ」が空洞のままで書かれているのを読めていたら。そこに孤独があったなら、私はどう思っただろう。詩を書くときにだけ、思い出す心細さがあって、あれは多分当時からずっとあるものなのかもしれない。あのさみしさが思い出せなくなったらきっと私は詩の書き方がわからなくなるでしょう。

詩にしかふれられないさみしさがあると、私が信じている理由はこれです。

読んでくださってありがとうございました。

初出

初雪の詩	渋谷展（渋谷 PARCO 2020.12）
三宮駅の詩	大阪展（心斎橋 PARCO 2021.03）
12月たち	渋谷展（渋谷 PARCO 2020.12）
雪景色	福岡展（三菱地所アルティアム 2020.08）の作品を改稿・改題
6等星の詩	すべての最果タヒ展（2020.08-）
湖	仙台展（仙台 PARCO 2022.02）
（タイム）ループ	すべての最果タヒ展（2020.08-）
一等星の詩	最果タヒ展オフィシャルブック『一等星の詩』（2020.08）
period	仙台展（仙台 PARCO 2022.02）
ろうそくの詩	ネット（2020.03）
恒星の詩	ネット（2022.12）
白い息	名古屋展（名古屋 PARCO 2021.02）の作品を改題
桜色の詩	大阪展（心斎橋 PARCO 2021.03）
梅田駅の詩	大阪展（心斎橋 PARCO 2021.03）
春ののどけき	大阪展（心斎橋 PARCO 2021.03）
彗星たち	詩のホテル（HOTEL SHE, KYOTO 2019.12）／詩のレコード『こちら99等星』
美しくと	詩のホテル（HOTEL SHE, KYOTO 2019.12）
雪の夏	IMS SUMMER 2020（イムズ 2020.05）
夜空の詩	ネット（2020.03）
高速の詩	名古屋展（名古屋 PARCO 2021.02）
ホテルの詩	詩のホテル（HOTEL SHE, KYOTO 2019.12）
展示室	すべての最果タヒ展（2020.08-）

真夏日の詩　IMS SUMMER 2020（イムズ 2020.05）の作品を改稿

炎天下　IMS SUMMER 2020（イムズ 2020.05）

鏡の星　詩のホテル（HOTEL SHE, KYOTO 2019.12）の作品を改稿・改題

夕焼け　本の窓（2022.06）

BABY　IMS SUMMER 2020（イムズ 2020.05）

網膜の詩　大阪展（心斎橋 PARCO 2021.03）

港　詩の展示「氷になる直前の、氷点下の水は、蝶になる直前の、さなぎの中は、詩になる直前の、横浜美術館は。」（横浜美術館 2019.02）の作品を改稿

阪急電車の詩　大阪展（心斎橋 PARCO 2021.03）

宝塚駅の詩　大阪展（心斎橋 PARCO 2021.03）

空気たち　福岡展（三菱地所アルティアム 2020.08）

ぼくら以外みんな恋人　本の窓（2022.12）

光は留守　本の窓（2022.08）

STAY BRIGHT　STAY HOTEL STAY MUSIC（HOTEL SHE, OSAKA 2020.11）

花束　本の窓（2022.07）

美しい絵　本の窓（2022.08）

方舟の詩　本の窓（2022.12）

指輪に刻まれた詩　書き下ろし

地平線の詩　本の窓（2022.11）

流れ星　書き下ろし

雪解け　名古屋展（名古屋 PARCO 2021.02）

福岡展・渋谷展・名古屋展・大阪展（2020）・仙台展はすべて最果タヒ展「われわれはこの距離を守るべく生まれた、夜のために在る６等星なのです。」の巡回展示のこと。

最果タヒ　さいはてたひ

詩人。2008年『グッドモーニング』で中原中也賞受賞、2015年『死んでしまう系のぼくらに』で現代詩花椿賞受賞。『夜空はいつでも最高密度の青色だ』は2017年石井裕也監督により映画化された。その他『恋人たちはせーので光る』『夜景座生まれ』『さっきまでは薔薇だったぼく』など。清川あさみとの共著『千年後の百人一首』で百首の現代語訳で注目され、エッセイ集に『百人一首という感情』、『「好き」の因数分解』『神様の友達の友達の友達はぼく』など、小説に『星か獣になる季節』『十代に共感する奴はみんな嘘つき』など。対談集に『ことばの恐竜』、絵本に『ここは』（絵・及川賢治）。

不死身のつもりの流れ星
2023年2月1日　第1刷

著者：最果タヒ
ブックデザイン：佐々木 俊
編集：熊谷新子
協力：キョードーマネジメントシステムズ

発行人　宇都宮誠樹
企画制作　小林大介　谷川祐太朗
編集　熊谷由香理
発行所　株式会社パルコ　エンタテインメント事業部
〒150-0042　東京都渋谷区宇田川町15-1
電話　03-3477-5755

印刷・製本　株式会社加藤文明社

Printed in Japan
ISBN978-4-86506-412-4 C0092

落丁本・乱丁本は購入書店をご明記の上、小社編集部あてにお送りください。送料小社負担にてお取り替えいたします。
〒150-0045　東京都渋谷区神泉町8-16
渋谷ファーストプレイス　パルコ出版　編集部